Mi vida de abeja

Lee Aucoin, *Directora creativa*
Jamey Acosta, *Editora principal*
Heidi Fiedler, *Editora*
Producido y diseñado por
Denise Ryan & Associates
Ilustraciones © Holli Conger
Traducido por Santiago Ochoa
Rachelle Cracchiolo, *Editora comercial*

Teacher Created Materials

5301 Oceanus Drive
Huntington Beach, CA 92649-1030
http://www.tcmpub.com
ISBN: 978-1-4807-2987-2
© 2014 Teacher Created Materials

Escrito por Sharon Callen

Ilustrado por Holli Conger

Fotos de bebé

Yo era una bebé hermosa.

3

Tengo franjas brillantes y alas fuertes.

franjas

alas
fuertes

5

Lecciones de vuelo

Esta fue mi primera lección de vuelo con papá: me estrellé.

Esta fue mi segunda lección de vuelo con papá. Me estrellé: otra vez.

9

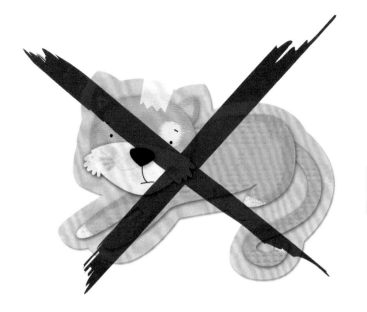

Un día peor

Esta es de cuando me estrellé contra un gato desagradable.

El peor de los días

Esta es de cuando el gato desagradable me persiguió. ¡No creerías lo rápido que era!

Más lecciones de vuelo

Esta fue mi tercera lección de vuelo, cuando mi abuelito me enseñó a volar.

14

Mírame

15

Perseguí a ese gato
desagradable cuando
pude volar más rápido.

El mejor de los días

Esta es de cuando mi abuelito me dio sus gafas.

Cuando crecí

¡Ahora soy una
abeja ocupada!